LA INSEPULTA

LA INSEPULTA

Cuentos de misterio en lugares imaginarios

JORGE A. ONTIVEROS

HISPANIC INSTITUTE OF SOCIAL ISSUES
MESA, ARIZONA • 2024

FIRST EDITION

La insepulta, cuentos de misterio en lugares imaginarios

Copyright © 2024 Jorge A. Ontiveros

Hispanic Institute of Social Issues
123 N. Centennial Way, Ste. 105
Mesa, AZ 85201-6746
(480) 939-9689 | HISI.org

Cover & book interior designed by Yolie Hernandez
yolie@hisi.org

Library of Congress Control Number: 2023950531

Paperback ISBN: 978-1-936885-58-9

A mi hermano Roberto Ontiveros

Indice

MEMORIAS

LA INSEPULTA

El Teatro Ruso

TODA MI VIDA QUISE SER ACTOR DE TEATRO, estar sobre el escenario y tras bambalinas, y ser El Quijote, de Cervantes, o Hamlet, de Shakespeare, pero nunca se me hizo.

Ya de viejo perdí a mi esposa, y mis tres hijos volaron a otros nidos. A mis ochenta años me quedé anclado en una zona costera de California, esperando a la muerte con su guadaña brillosa, plateada, feroz. La esperaba gustoso, con alegría. Mi abuela decía, "Al cabo nomás vamos de paso".

Cuando el cuarto de baño del hospital cambió de color de amarillo a azul, me asignaron una enfermera fea como un pecado. En mis pensamientos decía, "Nomás falta que se afeite el bigote"; en silencio me reía. Mis familiares querían tenerme en mi casa, creían que estaba perdiendo el juicio. Lo que pasaba es que ya estaba cansado de discusiones.

Una noche, una libélula rosa, azul y amarilla me despertó.

—No vayas al clóset, te tenemos una sorpresa —susurró.

—Está bien, no se lo voy a contar a la enfermera, si no, ¡me consignan al hospital psiquiátrico!

Traté de no abrir la puerta del armario hasta el día primero—el primero de marzo. Me acuerdo por ser el cumpleaños de mi hermano Roberto.

Serían las doce de la noche cuando abrieron el closet. ¡Adentro había un pequeño teatro con sus luces! Presentaban a los famosos bailarines rusos Rudolf Nureyev y Margot Fonteyn, bailando *El lago de los cisnes*, del compositor Tchaikovsky. Como si fuera un *Bolshoi* en miniatura, los bailarines medían acaso tres o cuatro pulgadas de estatura. Yo, fascinado, los vi cada noche por un mes, desde la inauguración hasta su despedida.

La última noche, antes de irse, se subieron a mi cama y me dijeron adiós.

—El año que entra regresaremos y quizás nos acompañes. Te volveremos más joven, de cuatro pulgadas de estatura, y así nos iremos por túneles secretos hasta lugares milenarios, haciendo presentaciones de obras de teatro, ballet o música.

Me fui quedando dormido hasta llegar al lugar donde se hacen los sueños y te quedas dormido plácidamente, eternamente. Te vas viajando en barcos con vinos y viandas, te alejas cantando con mujeres bellas, y ya no regresas a esta dimensión.

La enfermera me encontró dormido sosteniendo una *balalaika* del tamaño de la mitad del dedo meñique de mi mano izquierda –el más chico–, y con mi mirada clavada en el piso para siempre.

Bolshoi: teatro histórico en Moscú, Rusia, que alberga representaciones de ballet y ópera.

Balalaika: instrumento musical triangular ruso de tres cuerdas.

Los ocho de blanco

POR MUCHOS AÑOS TRABAJÉ en una sala de exhibición de muebles. En aquel tiempo, el pueblo crecía a pasos agigantados, por tanto, en la sala el número de empleados aumentó a dieciocho vendedores y treinta empleados, entre oficinistas y entregadores. El nuevo milenio llegó con mucho progreso.

Durante años fui el último que abandonaba ese enorme local, apagaba hasta la última luz, y revisaba que no hubiese clientes rezagados, para no dejarlos encerrados antes de cerrar las puertas.

Un día, tras cerrar, llegué a mi auto y me percaté que había dejado mi sombrero en mi escritorio; regresé. A lo lejos me di cuenta que habían quedado algunas luces prendidas. Fui hasta el área de sofás y comedores y al llegar vi a siete individuos recargados en la pared, todos vestidos con ropas sencillas. A lo lejos eran gente simple, pero de cerca, casi todos eran rubios, de larga cabellera, de una hermosura sin descripción y mirada enigmática. Todos se movían al mismo tiempo. Uno de mirada celeste se aproximó a mí, diciendo: —Tenemos una misión para ti.

—Sí, ¿de qué se trata?

—A su tiempo lo sabrás.

Todos se recargaron en la pared y se hicieron pares, tiempo, silencio.

***

En el pueblo donde trabajaba, la gente empezó a escasear. Se decía que a los siete mil años el mundo descansaba, se regeneraba y se restablecía; por eso algunos continentes desaparecieron en el principio de los Tiempos. Así desapareció Lamuria.

Mi ciudad se hizo raquítica: de un millón de habitantes a nomás siete mil; nadie daba explicación, o decían que eran cosas de la Cuaresma. No había autos privados, de mi trabajo a mi casa caminaba. Algunas veces compartía un taxi con otra gente que no me miraba a los ojos.

De edad fui aumentando muy rápido, no me explicaba cómo de un mozuelo me hice adulto de edad mediana. En el establecimiento donde trabajaba ya era el único vendedor y sólo quedaba un gerente; él hacía todas las funciones.

Las reglas habían cambiado. De noche todo el país trabajaba, de día descansaba, pues los pocos dirigentes y científicos habían anunciado que el mundo se acercaba a su extinción. Al no tener contacto con el sol se podía vivir más. El mundo se hizo rutinario. No se viajaba a otros continentes para no acelerar el proceso de envejecimiento.

Después de cincuenta años vi a lo lejos a uno de aquellos tipos vestidos de blanco que me visitó en mi juventud. Me hizo una seña, no sé si de saludo o de aprobación.

Celebré mi noventa y cinco abril. Un canoso gerente me lo organizó, no hubo risas ni cantos, sólo apagué una vela y comí un pedazo de pastel que un anciano encargado trajo del único restaurante que quedaba. Vivía en un país de viejos.

Una madrugada, antes de irme a casa, en la bodega me abordaron siete individuos jóvenes.

—Venimos a visitarte.

—¿Cuándo me necesitan para su misión? —les pregunté.

Ellos caminaban casi al mismo tiempo.

—Sí, tenemos una misión para ti, pero no en esta vida; tienes que nacer y morir varias vidas.

—Pero ¿cómo me voy a acordar?

—Nosotros siempre estaremos en contacto.

Con movimientos suaves y rápidos se hicieron pared, esperanza y mañana. Me quedé pensando en su misión; no es "para esta vida", sino que tengo que "nacer y morir varias vidas".

El país se fue quedando más solo. En una región muy lejana, un jardinero que había podado un árbol veía con alegría que de las nueve ramitas brotaba una nueva vida.

Olvido

PARA OLVIDARLA ME FUI A OTRAS TIERRAS. Crucé la frontera por el Puente Libre; allá me esperaban otros aires y otras ilusiones. Llegué de noche a la Escuela Superior Federal del Parque; ya estaba en ruinas. Decidí ir a la Estatal Tres. Pasé los multifamiliares. Ahí estaba mi escuela, un poco derruida, pero se conformaba. Una escuela de mil batallas. Los salones, como si fueran de pueblo chico, limpios, humildes.

Era de noche. Me sorprendí cuando encontré a mis antiguos amigos. Jugamos una tercia de básquetbol. Pepe y Raúl —Burra y Chivo—, así les decíamos de cariño. Jugamos casi hasta el amanecer. Alrededor de la cancha varios autos nos alumbraban.

La cancha se quedó sola, los autos se alejaron. Mis amigos se fueron, sólo Pepe, mi amigo de antaño, se quedó a saludarme y despedirse:

—Onti, yo sabía que vendrías, todas las noches de luna te esperábamos.

—No lo sabía Pepe, tampoco sabía que el COVID te había llevado.

—No le digas a nadie.

Gruesas lágrimas resbalaron de los dos amigos al despedirse.

—Hasta la próxima— dijo Pepe. —Ve al panteón, que están sepultando a tu exnovia.

—Ahí nos vemos mi amigo.

Corrí al panteón a ver a Patricia, pero estaban cerradas las grandes verjas negras.

Ahí estaba el exmarido y me mostró un largo teléfono con tres pantallas: —Ella es mía en la vida y en la muerte, pero le dejó un mensaje, no la puedo localizar.

La vi en la oscuridad, desde las rejas, cuando se metía a un mausoleo. Me apresuré, pero no la pude ver bien desde tan lejos.

El exesposo me gritaba: —¡En la vida y en la muerte está bien!

No le hice caso. Desde un árbol, escondida, se despidió de mí.

Sueño irrealizado, para después regresarme a la frontera.

No te salgas del hotel

PARA BUENA O PARA MALA SUERTE gané un premio literario y tuve que ir a Chicago, al sur de la ciudad, a recibirlo. Todo el mundo me dijo o advirtió, "No te salgas del hotel".

Pregunté: —¿Es mala zona?

—No, es una zona abandonada de la mano de Dios.

El taxista, medio loco, jugando, me dijo:

—Chico, no se salga de noche.

Tenía el acento de las Antillas Menores.

—*Okay* —le contesté.

El sábado fue mucha gente a recibir premios, y antes de las ocho y media el auditorio ya estaba solo. El único que me esperaba era el taxista.

—Chico, ¿a qué hora va a partir?

—Mañana a las cinco de la mañana.

—Aquí estaré a la orden a las cinco.

Pensé, "Qué servicial es aquí la gente".

En el hotel tenía sed y bajé por una bebida a la barra, pero ya estaba cerrada, también el restaurante. Recordé: "No te salgas del hotel". De todas formas abandoné el inmueble, recinto o como le llamen. Todo alrededor estaba solo. En la calle no había dónde beber o comer. Regresé y todas las entradas del hotel estaban cerradas; por más que lo intenté no pude entrar. Me fui a donde estaban aparcados los autos y nada, hablé por teléfono y nadie respondía, toqué a la puerta ¡y nada! Subí a una van, a una camioneta blanca, y de una alcantarilla vi salir como veinte hombres rana, y luego, lo peor: ¡los siete pecados capitales! El peor, la glotonería.

Era una mujer morena, gorda hasta lo que más da, con una *giba* de agua verde transparente, como pus. Vi tres o cuatro más y me logré esconder de la ira, la lujuria, la pereza, y de los demás pecados. Como a la hora pude introducirme al hotel.

Al otro día tomé el primer vuelo a California, y si vuelvo a ganar un premio, ¡que me lo manden por correo! No vuelvo a las ciudades grandes, llenas de corrupción. A veces pienso que vivimos en dos mundos paralelos, porque cierta gente puede ver bichos fantasmas, y otros los duendes que salen de las paredes; no todo el mundo los percibe.

¿Qué sabemos del mundo invisible? ¡Nada! Todo lo admitimos sólo por fe. Mi abuela me relataba tantos incidentes extraños, pero esas son historias para otros relatos.

Giba: deformación de la caja torácica de una persona; joroba.

El dios Venado

COMO NEGOCIANTE AFAMADO, ganador del premio al mejor vendedor de casas por ya diez años consecutivos, mi fortuna ya no era de miles, sino de millones. Ya no era aquel cargador de la Central de Abastos en la Ciudad de México, sino el mejor vendedor de bienes raíces del sur de California.

Un día viajé a Yosemite a encontrarme con mis amigos en *Fresh Meadows Camp;* nunca llegaron. En un abrevadero de venados, ya al punto ebrio, practiqué mi tiro al blanco con una manada de venados. Maté siete. Con un rifle de largo alcance, nomás les veía los ojos y ahí les apuntaba. En la mañana me di cuenta de la masacre. Abandoné los cuerpos con un poco de remordimiento. Me dormí y soñé que un venado con grandes astas se metía a mi habitación y me hablaba sobre el crimen,. "Por el crimen que cometiste de matar a mis hermanos nomás por deporte, empezando en enero, recibirás dos noticias, una buena y otra mala". Así fue cada año.

***

El trece de enero, Marcos recibió una llamada. Había heredado un millón de dólares de un pariente lejano. Dos horas después, recibió otra llamada; su esposa había fallecido en un accidente automovilístico. Cada año, lo mismo: toda su familia iba falleciendo hasta quedar tan solo con su querida hija Anabel.

Desesperado, viajó por el mundo, habló con infinitas celebridades y adivinos que le dieron una idea o respuesta sobre lo que le sucedía. Su fe católica lo llevó a Francia, a la Catedral de Nuestra Señora. Recordó que el escritor francés Víctor Hugo vio la palabra *'ANANKE'* (necesidad o destino) grabada a mano en un oscuro rincón de una de las torres de la Catedral de Notre-Dame en París, y sobre esa palabra basó su libro *Notre Dame de París*. Pero el negociante buscó por todas partes y al no encontrar nada decidió irse a su estancia.

Un día se encontró en la calle con un "loco" que sostenía una pancarta que decía: «Perdón por mi hijo que va a morir a garrote vil». Le preguntó por qué. "Sólo así se puede tapar una presa, una gotera, iniciar una relación: perdón".

Entonces, aquel negociante pidió perdón al "dios Venado" por el mal que había causado, perdón a los cuatro vientos. Esa noche hubo paz y calma en esa región y en la casa de Marcos. Durmió por tres noches seguidas y su felicidad con su hija Maribel fue infinita y transcurrió por muchos veranos. Y su salud fue buena hasta que fue llamado al Trono Celestial.

¿Quién soy?

ME DESPERTÉ EN UNA CIUDAD EXTRAÑA. En la oscuridad lentamente me incorporé. Tenía un uniforme gris y, en los bolsillos, suficientes billetes para sobrevivir por algún tiempo, ¿un mes?, ¡qué sé yo!, hasta un año, depende cómo estuviera de fuerte el euro. ¿Qué digo? ¿El euro? ¡Estoy en Europa! Salgo a caminar. Aunque era bueno para hablar varios idiomas, reconocí el español en las tiendas de los alrededores.

¿Quién soy? ¿Dónde estoy? Mil preguntas me acechaban; no hay respuestas. Compro unos cigarrillos y la tipa me pregunta: —¿Eres mexicano?

—Sí, creo que sí.

Ella ríe.

—¿Se te pasaron las copas o qué?

—Sí, creo que sí.

—En aquella esquina está un bar para la resaca.

—Dirás, para la cruda —respondo.

—Lo que sea, como le llames.

Llego al bar y pido una botella de ron, hablo con el camarero.

—¿Qué ciudad es esta?

—Madrid, estás en España, ¿no te acuerdas que arribaste hace un mes?

—No, no me acuerdo.

—¡Joder, cada semana es lo mismo! Vienes, te emborrachas y por unas noches te olvidas del mundo y de tu familia, después haces tus viajes a la América, pues, según dices, eres soldado de fortuna. Cuando regresas te vas a ese hotel de mala muerte. Cuando despiertas te vuelvo a ver y….

—¿Tú me conoces y sabes de mi familia?

—Sí, claro.

—Háblame de mi familia. Yo te pagaré.

—Está bien, pero va a ser mañana porque mi turno de trabajar se termina. Mañana paso por tu hotel y allí hablamos de ti, de tu familia y del dinero que me vas a pagar.

—¿A qué hora vas a pasar?

—Eso sólo Dios lo sabe.

La noche pasó lentamente, las estrellas titilaban a lo lejos. Me entretenía leyendo a Edgard Allan Poe en inglés: *"Science has not yet told us whether madness may not be the sublime of intelligence."** No me molestaba que mi memoria la había dejado en algún bar.

La mañana siguiente, difícilmente me desperté en un camastro en el puerto de Veracruz, México. ¿Cómo llegué aquí? Al salir de ese trochil me dijo una mujer redonda: —Oye guapo, me debes una semana, a ver si ahora me pagas antes de irte, *¿okay?*

—¿Cuándo llegué?

—La semana pasada, trata de no engatusarme con tus preguntas, *¿okay?*

—¿De dónde vengo?, ¿qué estoy haciendo aquí?, ¿y a dónde voy?

—Que andabas en España… ¡pamplinas! Eres Aniceto Verduzco y vives aquí a la vuelta. Siempre que te emborrachas no quieres pagar, no te acuerdas de nadie y te pones muy filósofo. Dando vuelta a la derecha, ahí vives, pero tienes lagunas mentales desde que murió tu vieja. Anda, ve a alimentar a tus hijos y a tus padres que ya te están echando de menos.

---

* "La ciencia no nos ha enseñado aún si la locura es o no lo más sublime de la inteligencia": Edgar Allan Poe (1809-1849), escritor estadounidense.

La insepulta

C**OMO PROMOTOR DE BOXEO**, uno se acostumbra a ir a diferentes lugares a buscar nuevos boxeadores con talento. En la Navidad de 1999, antes de que muriera el siglo XX, fui a la Ciudad de México a buscar gladiadores de Tepito, el barrio bravo, famoso por producir los mejores pugilistas de todo el país. Estos boxeadores son espectáculo seguro, dispuestos a dejar la vida en los entarimados, unos verdaderos gigantes del arte de *fistiana*.

En la Ciudad de México tuve una recepción muy acogedora a la que asistieron gente de la prensa, promotores y amigos míos; un sinnúmero de gente bonita que me rodearon y holgaron. Cenamos en Miralto, en la Torre Latinoamericana, una buena cantidad de platillos exóticos y bebidas dulces, pero embriagantes.

Entre copa y copa me fui fijando en ella. Era una mujer sola, vestida de gris y que tomaba fotografías. Nos miramos y entablamos conversación, aunque caí en la cuenta que era una mujer que jamás sonreía. La invité a salir y accedió. Al día siguiente paseamos por Chapultepec y después visitamos el Museo Tamayo. Me divertí de lo lindo con mi nueva amiga. Era hermosa, pero su sobriedad me parecía enigmática. En algunos momentos me preguntaba si tendría ella problemas psicológicos profundos, porque a veces parecía no estar viva.

II

Mientras hablaba el promotor, a menudo se interrumpía para deglutir unas pastillas blancas pequeñas que llevaba en un estuche; las tomaba con agua y, a pesar de su aparente tranquilidad, el compulsivo movimiento lateral de sus ojos —como si temiera un ataque—, hizo que el sacerdote jesuita que escuchaba su narración a su lado pensara seriamente que aquel hombre era más bien un caso para el psiquiatra. Aunque viéndolo desde otro ángulo, en su larga carrera como exorcista, el jesuita había encontrado casos peores de disfunciones mentales. Por fin, aquel hombre reanudó su monólogo.

Al salir del museo, una lluvia invernal, fría y copiosa nos tomó por sorpresa. Yo reí alegre, pero mi compañera se puso nerviosa y sufrió un desmayo. La alcancé a sostener y la llevé en vilo hasta el auto que había rentado el día anterior, la acomodé en el asiento trasero y conduje hasta mi hotel. La llevé cargando hasta mi habitación porque no había reaccionado y me di cuenta, con cierto asombro, cuán poco pesaba. Yo, un poco nervioso, decidí revisar su cartera, pero no encontré ningún documento de identificación, ni dinero, ni tarjetas de crédito, ni direcciones, ¡nada en absoluto que arrojara una luz acerca de su identidad! Esto hizo que mi preocupación aumentara. Sólo sabía que su nombre era Nubia, y en cuanto a su apellido, no tenía ni la menor idea; tendría que esperar a que reaccionara para después llamar a un taxi que la llevara a su domicilio.

Así pasó la noche y, ya cerca de las diez de la mañana, le hablé, la moví, la sacudí, y ante su fría y notoria rigidez, la traté de resucitar. Todo fue inútil, ¡estaba muerta! Por poco me da un síncope; había pasado la noche con un cadáver. ¿A quién hablar? ¿A quién pedir ayuda? La gente iba a pensar que estaba loco, diría que fue un asesinato. No supe qué pasó aquel día, pero cuando oscureció completamente, la subí al auto y me fui a dejarla en un parque. La senté en una banca esperando a que a la mañana siguiente la encontrara alguien y la policía la reportara muerta. De regreso a mi hotel di aviso al empleado del mostrador que yo dejaría la habitación a la noche siguiente. Mi intención era tomar el vuelo de "el Tecolote", algo incómodo, pero seguro. Sin embargo, esa madrugada, a las tres de la mañana, me desperté. Estaba inquieto por algo que no podía identificar. Encendí la luz y el corazón por poco se me sale del pecho. ¡Allí estaba ella parada frente a mi cama!, inmóvil y con los ojos bien abiertos. No sé cómo me atreví a tocarla, ¡sí, estaba muerta! Tenía la ropa y el cabello mojados, los zapatos lodosos, como si hubiera caminado un largo trecho. Esta vez no dudé, la cargué de nuevo, la acomodé en mi auto y salí a la calle.

A pocas cuadras encontré una funeraria de mala muerte, con servicio de velatorio las veinticuatro horas. Les expliqué mi terrible situación, les di un grueso fajo de billetes, y les pedí un certificado falso de defunción que permitiera sepultar a esa mujer. Mientras duraba el trámite, los embalsamadores la preparaban para ponerla en el ataúd. A pesar de estar tan aterrorizado, decidí quedarme en esa casa del dolor para no tener que salir de allí a esa hora, en esas condiciones. Entablé conversación con esos sádicos embalsamadores que, con risas alegres y poca solemnidad, se dedican al triste trabajo de preparar los cuerpos muertos para darles la apariencia de vitalidad en reposo que muestran siempre a través del cristal que cierra sus ataúdes. ¡Qué hermosa estaba quedando! Nubia parecía una diosa de la mitología griega. Su rostro denotaba una paz y una serenidad como sólo la muerte puede otorgar; nada que ver con lo que pasaba afuera. El viento terrible levantaba la hojarasca y formaba ráfagas de lluvia que impedían la visibilidad.

III

Nuestro personaje, un promotor de boxeo y hombre de mundo,
se encuentra en una situación extraña. Conoce a una bella mujer,

quien al contacto con la lluvia sufre un desmayo que culmina con su muerte. Él decide enterrarla para poner fin a dos días de pesadilla.

En la funeraria ya habían hecho los arreglos necesarios para el entierro, pero como no cesaba de llover, decidí quedarme en la sala a esperar hasta que el tiempo mejorara. Todos partieron, sólo un viejo conserje y yo nos quedamos en el lugar; él se perdió en la vieja casona que ocupaba el local y yo me quedé dormido cerca de una gran chimenea. Entre sueños comencé a imaginarme cómo sería la muerte, el término de nuestros días, cuando la ilusión ya no puede volar y se queda estática como una flor muerta que va perdiendo los pétalos de la esperanza. Supuse que la muerte sería bella, un despertar lleno de flores, cantos de alabanza, multitudes vestidas de blanco, una legión de ángeles robustos con cabellos rubios ensortijados y piel color nácar tocando sus clarines fastuosos. Tú, mi diosa de la mitología griega, vas en ese barco de la muerte, cruzando mares hostiles y alejándote de mí para siempre. Imagino el recibimiento que tendrás al llegar donde el sol muere entre los montes mágicos. Antes eras casi mía y ahora eres el viento.

Unas gotas de rocío me despertaron en un jardín olvidado. ¿Cómo llegué ahí? No lo sé, pero de inmediato regresé al hotel para arreglar mis asuntos y esfumarme lo más pronto posible, no sin antes llamar a la funeraria donde me informaron que habían encontrado a Nubia sentada en el viejo sofá, cerca de la chimenea, después de que yo me había ido. Les supliqué que la enterraran lo más pronto posible y que clavaran el ataúd.

A las dos semanas de haber regresado a California, en un periódico llamado *Excélsior*, me enteré que en México se me buscaba para enjuiciarme, pues habían descubierto el certificado falso de defunción y se me acusaba de haber enterrado viva a una fotógrafa. Según me informé por otras fuentes, Nubia padecía ataques catalépticos, raro trastorno en donde el corazón palpita una sola vez por minuto y el cuerpo da la impresión de estar muerto, aunque no entra en estado de putrefacción. Los maestros de la India usan esa práctica, llamada *actus mortis*, en sus ejercicios de yoga. A la fotógrafa la habían encontrado en su ataúd boca abajo y con la cara desfigurada por el terror. Dicen que alcanzó a vivir algunas horas enterrada hasta que el horror y la desesperación la enloquecieron y su muerte sobrevino por asfixia.

Sin poder quitármela de la mente, e imaginándola por todas partes dentro de un ataúd asfixiándose, decidí refugiarme, indefinidamente, en una iglesia. Durante la Edad Media, aquellos que perseguían el demonio trataban siempre de encontrar un lugar sano y neutral, por lo general un santuario, ya que ahí sus torturadores no podían alcanzarlos.

En una ocasión, durante la noche de brujas, después de dejar mi refugio para irme a casa, a través de la ventana veía cómo la gente, chicos y grandes, ya disfrazados, deambulaban por las calles. Las personas eligen el disfraz que su inconsciente les sugiere: mi vecina, por ejemplo, una mujer bella, iba vestida de bruja y reía y bromeaba, sin darse cuenta que en realidad eso es lo que era, una bruja. De pronto, frente a mi casa se presentó una carroza antigua, jalada por cuatro corceles negros, en la que viajaban cuatro encapuchados que escoltaban un ataúd. Pensé para mis adentros que se trataba de la broma más original que hubiera yo visto jamás, pero al acercarme a curiosear me llevé una gran sorpresa cuando vi que adentro se encontraba ¡la fotógrafa! A través del cristal observé su rostro desgarrado por sus propias uñas.

Presa del pánico y la desesperación, atónito a más no poder, corrí despavorido de regreso a mi santuario, en donde espero que algún día termine mi suplicio, si no, creo que voy a perder la cordura.

Fistiana: el mundo del boxeo; combinación de las palabras *"fist"* (puño) y el sufijo *"iana"*, que se usa para denotar una colección o tratado sobre un tema en particular.

La tragedia

MI ABUELA DECÍA: "Peso dado y chivo al costal".

Vivía yo entre Sonora, México y Arizona, Estados Unidos.

Estaba cerca a la edad de jubilarme cuando di una paseada por los cerros de la frontera, donde muchos aventureros que deciden cambiar de país se adentran al Norte para mejorar su vida y, aparte de desprecio e inseguridad, encuentran la muerte en el desierto.

Me topé con un puerquito salvaje y decidí adoptarlo. Lo llevé a casa y lo amamantaba con una tetera para bebés. Así empezó a fortalecerse y crecer, pero con el tiempo se hizo inadaptado y la situación insostenible, pues creció del tamaño de un león de montaña, pero más gordo. Para mí era divino, pero para el mundo era peligroso. Arrasaba con el pasto, no sólo el mío, sino también el de los vecinos. Le gustaba comerse no sólo las papas, sino también los camotes y arrasó con todos mis plantíos y los de alrededor. Tuve que llevarlo al monte y, con tristeza, lo abandoné a su suerte.

Pasó el tiempo y los pocos plantíos de Nogales, Arizona, fueron arrasados por unos quinientos animales salvajes o roedores; acabaron con las cosechas de los lugareños. Se ofrecían grandes recompensas por matar cerdos salvajes. A los meses, las papas de Idaho —a más de mil millas de Nogales— fueron roídas y destruidas. A los años se calculaba que era una manada de doscientos mil cerdos salvajes. La Guardia Nacional, la Marina y el Ejército de Estados Unidos fueron comisionados para acabar con todos los cerdos salvajes y jabalíes, pues cuando llegaban a un lago o abrevadero lo dejaban casi evaporado o disuelto del líquido de la vida. En unos años, ya eran millones de cerdos salvajes que arrasaban con un pueblo entero, o en una ciudad roían los árboles y estructuras de madera y cemento, tumbaban trenes y camiones de carga. Su destrucción era inmensurable. La mitad de Norteamérica había desaparecido y México estaba en ruinas. Hasta Nicaragua, nada escapaba a los jabalíes, pues algunos habían crecido colmillos al lado del hocico. La Guardia Nacional acabó con unos veinte mil mamíferos de carne dura, músculos y pelo duro, más que crespo; eran cerdas no suaves, pero ásperas. Sus ojos, llenos de salvajismo.

Decidí poner un refugio en lo alto de un pino enfrente de mi casa y allí dormía por las noches; a veces también dormía la siesta. Pasaron los meses y estas fieras no se apaciguaban ni con tiros de rifle, ni con balas de cañón.

Un día observé cómo quinientos cerdos acababan con mi casa. Después se dieron cuenta que yo estaba en mi árbol preferido y empezaron a roerlo lentamente para causarme pavor. Yo empecé a gritar, "¡Gilbert, Gilbert!". El cerdito que yo había criado, hasta como a la hora, hizo acto de presencia.

Bajé por unos peldaños que había puesto como escalera y acaricié a Gilbert. Él bajó los ojos hacia la tierra como símbolo de humildad. Le dije que ordenara a sus compañeros dejar de aterrorizar a los lugareños, que ellos no tenían culpa alguna si lo tuve que dejar en aquel lugar; fue debilidad mía al no saber lidiar con un cerdo semi salvaje. Le pedí que hablara con los jefes y que hiciera la paz, para que todos viviéramos felices y poder coexistir mejor.

Esa tarde desaparecieron. Por una cueva subterránea en el Gran Cañón del Colorado entraron a un mundo subterráneo. Me quedé con Gilbert. Su hambre descomunal fue sosegada por los vecinos de la ciudad de Tucson, que le traían bateas de frutas y verduras. Así vivió otros trece años hasta que sucumbió, y el mundo fue más sano y con más paz.

El viejo y el faro

JOE WILSON FUE DEJADO EN LIBERTAD después de treinta años de prisión en San Quintín. Lo encerraron por asalto a mano armada, posesión de armas y homicidio. Aunque se veía como un individuo pacífico, su largo historial delictivo no le permitía encontrar trabajo. Era un individuo corpulento de sesenta años, con las sienes blanqueadas, sin sonrisas, de aspecto cordial, pero peligroso. El único trabajo que encontró fue en las Antillas Menores, en una isla despoblada, con un gran faro que alumbraba varios kilómetros alrededor. Una compañía franco-americana le ofreció trescientos mil al año por vivir y dar mantenimiento al fatídico faro.

La historia lo había negado, pero la verdad es que quienes habitaban o trabajaban allí, nunca pasaban del año.

Joe se mudó a su nuevo hogar. Estaba desolado de nuevo, pero ya se había impuesto a la soledad. Pasaron las tres primeras semanas y con ellas vinieron nubarrones, el mar se ponía en celo, y las olas casi alcanzaban al viejo faro.

Por la noche, él tenía toda clase de alucinaciones, pero no le preocupaban; había estado enclaustrado mucho tiempo y estaba acostumbrado a lo que fuera, vida o muerte. Problemas, vendavales, nada realmente le preocupaba, ni haber echado a perder su vida, no tener familia, ni esposa, ni hogar, sólo sueños carentes de cordura.

Así permaneció por dos años. Al final del segundo no se le encontró por ningún lado. Se cobró el primer cheque de trescientos mil, pero el segundo se regresó y no había dirección a dónde enviarlo. Se le buscó en prisión, pero no se encontró información de él.

Según los archivos, un "Joe Wilson" estuvo recluido en San Quintín, California, en los años treinta. Siempre quiso escapar pero ahí murió. (El cuerpo muere, pero nunca el espíritu).

Del que estuvo en el faro, nunca se supo nada.

Mundos paralelos

CUANDO TENÍA VEINTICINCO AÑOS, de eso hace muchos ayeres, me emborraché con Álvaro, mi amigo de la universidad. Tomamos cervezas de licor de malta. Tres fueron suficientes; quedé casi en la inconciencia. Después de muchas horas, me fui conduciendo mi auto hasta Frontera.

A Tijuana llegué, o a lo menos eso pensé, que ahí había aterrizado. Antes de Frontera, entré a un restaurant antiguo donde dos jovencitas rubias, como margaritas, me esperaban en la puerta del recinto y, con mucha amabilidad, me ofrecieron una mesa y la carta. Serían como las fatídicas tres de la madrugada. Me gustó que existieran lugares de clase a esas horas. Ordené de todo, un *steak* tipo medio-jugoso con papas y cebollas que le dieron sabor, y media botella de vino rosado. Disfruté de sabrosa cena. ¿La cuenta? ¡Tres dólares y feria! "Regreso a este lugar", me dije.

Seguí manejando hasta Frontera. Me encontré un mundo extraño. No me había ni adelantado ni atrasado en el tiempo, sino estaba en un México igual, pero todo lo contrario; estaba escrito al revés. En cada local o antro se escuchaba la misma canción: *La sirenita («Justo al año de casados… pero cola de pescado…»)*. Es difícil explicar todo un mundo con una inteligencia superior, pero sin sentido común. Nunca se consultaban doctores, sólo se hacían extrañas súplicas a un ser que se mofaba de ellos y los tenía creyendo en horóscopos y suertes. En el hipódromo apostaban la trifecta uno, siete, nueve, y casi nunca ganaban. De siete veces que aposté, gané cinco, y la gente me miraba como si yo tuviera un don especial.

Gente muy trabajadora, pero en extremo supersticiosa. El día trece del mes no salían de sus casas; era como el *Sabbath* para los judíos ortodoxos.

Lo feo era hermoso y lo hermoso feo, difícil de escudriñar. No existía el crimen ni las cárceles. Los viejos dictaban las reglas. Nadie hablaba ni de muertes, ni de sepelios, sólo de la hora de "irse al carajo", eso era todo. Con el tiempo me empecé a acostumbrar a esa usanza y a vestir como menonita en la universidad. Sin título daba clases de sentido común. Mis estudiantes atiburraban las aulas; para ellos era como si fuera una clase de cálculo matemático infinitesimal. Nunca nadie, en ese mundo, había enseñado el sentido común.

Tenía tertulias en los bares y mis afirmaciones eran pesadas. Si deambulaba en el parque, una multitud me seguía con disimulo. Yo cambiaba de dirección y número de móvil por la gran cantidad de llamadas. Logré tener otras canciones aparte de *La sirenita*, como *Cien años*, de Pedro Infante (*«Me duele hasta la vida, saber que me olvidaste…»*); nunca la habían escuchado. En cambio sí se oía *«Mi Matamoros querido, nunca te podré olvidar…»*. Pero no era de Rigo Tovar, sino de los Hermanos Prado, Lalo y José, ¡qué extraño!

Una tarde cubrió la ciudad una aterradora bruma y traté de huir.

Desperté en el baño de mi casa con una tremenda resaca frente a los ojos de pistola de mi esposa, que me reprochó: —¡Te pasaste toda la noche en la bañera tratando de curarte esa borrachera!

Me persiguen nubarrones

HACE MUCHOS SIGLOS, una horda de seres malvados que no evolucionaron me persiguió sobre la faz de la tierra, gritándome obscenidades y disparándome con sus ballestas, sus flechas cortas y negras. Me escondí en los viejos edificios de la Gran Ciudad, hasta que una noche, carente de suerte, no pude esquivar una de sus flechas que me destrozó las entrañas.

Me fui herido buscando refugio y no encontraba a nadie. Permanecí lastimado contra una pared, empuñando mi *cimitarra* de la misma manera que un samurái del Japón antiguo empuñaba su *catana: Siempre busca una pared o un árbol para proteger tu espalda*. Fue cuando vi a mi padre protegiéndome con su onda de ramales. Nomás asomaban las testas; el Viejo abollaba cráneos de aquellos seres malvados. Los tuvo a raya por varios siglos hasta que recuperé fuerzas. Luego, entre los dos, juntamos a esos engendros malignos e hicimos con ellos una gran hoguera. Fue cuando hubo paz en el mundo durante unos años.

Cimitarra: tipo de espada con una hoja curva de un solo filo, que se ensancha hacia el extremo puntiagudo.

Catana: un tipo de espada curva de un solo filo utilizada por los samuráis en el Japón feudal.

Santa Bárbara, Chihuahua

TERMINADO EL CONFLICTO BÉLICO MUNDIAL en el '45, todos los soldados regresaron a Estados Unidos. Matías Damián volvió a Texas. Tras unos años en Odessa, le pareció muy chico el territorio y se trasladó al sur de Chihuahua con algunos familiares lejanos, a Santa Bárbara.

Para hacer la historia más corta, se mudó a la casa de una pareja de viejos, y se casó con su linda, pero sencilla esposa.

Los recuerdos de la guerra pasada estaban en su cabeza y lo atormentaban. Una noche trágica, como a las tres de la mañana, acabó con su familia de forma cruel. Los vecinos oyeron los gritos y llamaron a los *cuicos*. A Matías lo encontraron con sangre en el rostro y boca como de fiera arrinconada.

Los periódicos no quisieron publicar los tenebrosos detalles, sólo dijeron, a grandes rasgos, que cuando lo encontraron, los policías amarraron como pudieron al "vampiro humano".

Esperaron a que llegara el doctor y esa misma mañana le inyectaron veneno para que la gente no se abalanzara e hiciera justicia por su propia mano.

El único sobreviviente quedó en una cuna, todavía dormido. Se trataba de un bebé de nombre Antonio Rodríguez, quien con los años se convertiría en *Tiro Fijo*, el detective que daría batalla a los grandes criminales del mundo.

Cuicos: guardas o agentes de policía en México. La palabra náhuatl "cuica" significa 'cantar'. En el pasado, los guardas nocturnos gritaban las horas de la noche y el estado del tiempo.

Tiro Fijo en Ciudad Juárez

DE UN INFORMANTE SUPO CIERTOS DATOS. Se trasladó al centro de Ciudad Juárez, Chihuahua, visitó la catedral y después "El Soldado de Acero", la tienda donde se abastecía de municiones y donde le limpiaban sus *cuetes:* una .38 a la que llamaba *la Negra del mal;* una .45 como la que usaban los sardos del ejército mexicano, y su *chiripera*, una *Derringer .22,* plateada, de dos tiros; aparte de su *daga dragona* que tantas veces le había salvado el pellejo.

Muy de madrugada se fue por el camino que va a Casas Grandes. A cierta latitud empezó a observar el terreno. Vio una casucha que servía de frente, y al entrar fue por varios túneles. Se encontró con una princesa japonesa —una belleza de pies a cabeza—, con un kimono de atuendo. La rodeaban *yakuzas* palpando sus catanas y Tiro Fijo sus pistolas. La lindura asiática, con una sonrisa, tranquilizó a los guardaespaldas. No sabía qué estaban haciendo ahí. Le dijo que no entrara en algunos cuartos, pero Tiro Fijo no le hizo caso.

Abrió la primera puerta y adentro estaba lleno de máquinas de tormento del tiempo de la Inquisición: *el Potro, el Trono de Judas, y el quebranta cráneos*. Cometió un error al abrir; salió. Tras la segunda puerta había varios ángeles encadenados. Los soltó para que hubiera paz en la tierra. Algunos volaron, a otros les habían cortado las alas. Mientras les crecían, se hicieron hombres de Dios.

En otro cuarto los *yakuzas* se interpusieron a Tiro Fijo para que no entrara. Con sus catanas le indicaron que abriera la siguiente puerta. Cinco hombres del mal salieron corriendo. Tiro Fijo les gritó y al mismo tiempo disparó contra tres, dejando sus perforados cráneos en los pisos sucios de aquella casona llena de túneles de la época de los Cristeros. Rescató a la hembra que intentaban robar los hombres del mal.

—¿Cómo te llamas? —le preguntó Tiro Fijo.

—Sara María… ¡Tenemos que irnos de este lugar!

Antes de partir, Tiro Fijo recogió un manojo de plumas que con el tiempo regaló a compositores y escritores que después se hicieron famosos con sus canciones y sus libros.

Transportó a Sara María a Las Cruces, Nuevo México, antes que llegaran los agentes judiciales y cambiaran la narrativa de los hechos ocurridos. Tiro Fijo dejó a la mujer en un centro de recuperación y sus últimas palabras a ella fueron:

—Aquí te van ayudar. Yo tengo que regresar, se me escaparon dos.

—Gracias oficial, Dios lo cuide y lo proteja.

Tiro Fijo desapareció entre la noche. En su *carrucha* de motor modificado puso millas. Ya los había olido. Y como el olor a muerte nunca se va de tu sistema después que los hueles, se dijo: "Me faltan dos hombres del mal. Los voy a encontrar aunque me lleve una eternidad". Desapareció por el desierto de Samalayuca.

Ya empezaba a amanecer. No los encontró, pero nunca les perdió la pista. Las muertes en Ciudad Juárez fueron disminuyendo. De Tiro Fijo no se oyó mucho. Sara María se fue confundiendo con la demás gente hasta llegar al anonimato.

Cuetes: pistolas o revólveres en el argot de México.

Chiripera: de chiripa; el pequeño revólver da en el blanco por pura casualidad.

Yakuzas: miembros de sindicatos del crimen organizado transnacional originarios de Japón.

Carrucha: carro o automóvil en el caló o argot utilizado por chicanos en ciudades del suroeste de Estados Unidos.

La Zona del Silencio

TIRO FIJO BUSCABA A UNOS INDIVIDUOS que habían huido a Casas Grandes, Chihuahua. Se presumía que eran parte del complot que se dedicaba a raptar y asesinar niños y mujeres, que para ellos, no debían vivir.

Tiro Fijo se internó en el Triángulo, que es parte de Jiménez, Chihuahua, de Coahuila y Durango. En esa área, los relojes, brújulas y teléfonos inalámbricos se averían y ocurren muchos incidentes. Le llaman la Zona del Silencio.

La gente cree muchas historias. Lo cierto es que sí sucedían fenómenos inexplicables. Entre los lugareños existen relatos de avistamientos de hombres altos, blancos, con ojos de diamante.

Tiro Fijo se dedicó a buscar indicios de esos individuos, hasta entrar, cerca de un lago, en una comunidad de esos sujetos que hablaban el español mocho, en una jerga extraña.

—Habíamos escuchado de ti, Tiro Fijo, *el buscador de asesinos*. Aquí no los vas a encontrar, yo y mis hermanos cuidamos esta comunidad. Tenemos casas para vampiros que se alimentan de sangre, en esas noches están encerrados. Los peludos (hombres lobo) también están encerrados y los pedófilos son torturados y aniquilados. No les permitimos vivir a los asesinos de mujeres, por eso no llegan por aquí. Los Patones (hombres *Big Foot)* a veces se salen de nuestra dimensión, pero los traemos de regreso. Ellos no son peligrosos, pero su aspecto causa temor a la gente. Son humanos que no evolucionaron, quedaron entre animal y humano. Si quieres buscar pedófilos, uno está en el clero y otro en la política.

Tiro Fijo buscó y encontró a un cardenal con su harem de niños y chicas, mutilados de brazos y piernas, sin lengua. Tiro Fijo le dio un tiro certero, dejando la nuca al descubierto. El otro, con el producto de sus robos a la nación, escapó a Europa.

La catástrofe

RA EL AÑO 2113. Había pasado más de un siglo desde que *el Terror de los criminales*, Antonio Rodríguez, alias Tiro Fijo, había desaparecido. Un descendiente del cazador de asesinos vivía en Europa. Estaba buscando a un criminal en las catacumbas romanas, cuando una sombra de humo negro se esparció por todo el mundo, dejando al noventa por ciento de la población ciega, mientras que el diez por ciento de la gente de las islas o que estaba trabajando en las minas o en algún lugar escondido, quedó lejos del dañino humo ambiental.

Se cree que la causa fue el depósito de Yellowstone que explotó y sepultó con cenizas y humo de la Era Terciaria a casi todo Estados Unidos, y se extendió por todo el planeta. Había muchas teorías sin explicación.

Aquel sucesor de Tiro Fijo se embarcó en un crucero en el que el capitán era un ciego y el almirante era un tuerto. Después de una travesía tediosa encontraron a millones de necesitados. Ahora era más fácil encontrar a los amantes de la sangre y la tortura.

Los pocos malos que sobrevivieron eran los que un día difundieron el temor entre la gran población ciega del centro de la tierra. Surgieron seres de las épocas mesozoica y terciaria, algunos hombres prehistóricos de Neandertal y Cromañón —creídos extintos—, más calmados. El mundo estaba bajo los efectos de un cataclismo; muchos morían de causas naturales.

Un ejército comandado por el descendiente de Tiro Fijo acabó con la "mala sangre". Ángeles y querubines pusieron paz en la tierra y el mundo se quedó con menos de un millón de habitantes. La raza humana vivió con más tranquilidad y pacifismo. Alguien recordó lo que su madre decía: «No hay mal que por bien no venga».

Los años buenos llegaron y se quedaron para dar paz y alegría a los pocos que quedaron.

El crucero sin puerto

BETO SOTO SE HABÍA INSTALADO en el mejor crucero para conocer Europa, con escalas en España, Italia y Francia. El barco era un gigante colosal, elegante, con capacidad para cinco mil personas, contando al almirante, capitán, gente de servicio y cocineros.

Por alguna razón desconocida, el barco perdió el curso y en vez de cruzar el Atlántico se fue para el fatídico Triángulo de las Bermudas. Una mañana, todos habían desaparecido, excepto algunos viejos que usaban oxígeno, entre ellos el capitán y Beto, que se valían de una máquina que les ayudaba a respirar mientras dormían. De los quinientos pasajeros habían quedado siete personas. El capitán no se explicaba por qué sólo esas personas sobrevivían.

Planearon llegar a una isla y abandonar la nave. La situación era difícil. No sabían por qué sobrevivieron, sólo que estaban conectados a máquinas de oxígeno. Continuó la travesía. Al pasar cerca de una isla, *Saint Croix*, pusieron, como pudieron, a Beto en una balsa con remos y motor. Le habían dado un sedante y cuando despertó, el crucero ya estaba lejos.

No lo habían abandonado a su suerte. En una nota leyó que fue para no exponerlo a la muerte, pues los otros sobrevivientes, todos ancianos, admitían: "Ya estamos viejos, nuestra suerte ya está trazada".

Beto llegó a una isla donde fue aceptado por una comunidad para él desconocida. Ahí pasó sus últimos días.

La muñequita de sololoy

EL VALLE DE ALLENDE está como a media hora al este de Parral, Chihuahua. Es una zona donde se cultivan las mejores manzanas de la región.

Fue como a principios de los años sesenta cuando escuché la historia de la más bella mujer de la comarca, Olga Mejía, descendiente de inmigrantes franceses y vascos.

Ella enamoraba con su pura presencia, vestía con fino *tul*, y siempre cubría su rostro para evitar que los lugareños la miraran fascinados.

Por aquel tiempo llegó un forastero, un hombre elegante de pies a cabeza. En sus zapatos brillosos se veían las polainas blancas y vestía un traje blanco de corte de tela inglesa y un gorro. No se sabía si era cubano o panameño, pero era un tipo de porte elegante.

Este vendedor fuereño había conocido a Olga Mejía en la plaza del pueblo. Le había enviado una flor, para después acercarse a ella y preguntar falsamente a sus padres si podía hablar con ella. Ese individuo, de nombre Francisco, tenía mucha labia y con el tiempo le propuso matrimonio a Olga, advirtiéndole que primero tendría que ausentarse para ir a comprar el ajuar de la novia.

En una de las visitas a la casa de Olga, Francisco había observado en una cristalera una colección de doce muñecas de sololoy. Él sabía que en esos tiempos estas eran de incalculable valor. Pidió llevarse con él una con la excusa de ir a repararla a la Ciudad de México. Por su parte, Olga estaba feliz y ya soñaba con su vestido blanco de bodas, aperlado como su alma. Francisco, el fuereño, se fue a Torreón y malbarató la muñeca en una borrachera, la cual siguió y terminó en la Ciudad de México.

Antes de perder la conciencia y divagar en la locura, cada invierno, Olga Mejía esperaba a Francisco en la ladera del río, cerca del puente, pero él nunca regresó con su promesa. En las fiestas patrias, su familia la vestía de china poblana; se miraba hermosa aunque con su mirada perdida. Ella preguntaba: —¿Ven a Francisco entre la multitud? —No, mi hija, se le habrá hecho tarde —le respondían.

Los niños del pueblo cantaban, "Uno, dos, tres, tonta es…", o también, "Me pidió una tonta un beso, yo no se lo quise dar, porque los besos de tonta saben a huevo sin sal…". Todos los niños se reían, mientras los padres de Olga la conducían a su casa y ella esperaba a ese amor que nunca volvió.

Con el tiempo, sus padres murieron y a ella la ingresaron a un hospital mental. Sus muñecas de sololoy están ahora en exhibición en el Museo del Juguete, las cuales tienen un valor incalculable. Ella, en su locura, se imagina que está en el altar esperando al novio que nunca llega, sin encontrar la flor blanca o el azahar de novia. En la capilla, sola lo espera en la oscuridad y el novio no llega. Se mira sus manos, que no son los de una joven sino las de una anciana. Esa escena se repite todas las noches, hasta no decir.

Tul: tejido fino y transparente que forma malla, generalmente en octógonos pequeños y regulares, y es de seda, algodón u otra fibra textil.

Sololoy: la palabra *sololoy* no aparece en el DRAE y sólo se usa en México, en donde el habla popular transformó la palabra inglesa *celluloid* en *sololoy*. El celuloide se descubrió en el siglo XIX y se utilizaba en la fabricación de juguetes y en otras industrias, como la cinematografía.

El francotirador

ME HABÍA ENLISTADO EN EL EJÉRCITO para combatir en la Guerra del Golfo. Más de 300 bajas le hice al enemigo, aunque sólo 189 muertes estaban confirmadas. Un día, carente de suerte, pisé una mina y casi me cuesta la vida. Quedé entre la muerte, la inconsciencia y la agonía. Los doctores me daban sólo unas horas de vida; iba a morir.

Esa fatídica noche yo ya esperaba a "la calaca". Aguardaba la llegada de los hombres de negro pero nunca llegaron. En lugar de ellos llegaron dos ángeles altos, finos, con túnicas blancas y que no parpadeaban al mirar. Me ofrecieron pedir un último deseo.

—Aurelio, pídenos lo que quieras, menos la vida.

—Lo que quiero es ver a mi madre joven, de quince años, antes que me pariera —les contesté al borde de la muerte.

—¡Concedido!, pero no le hables ni la mires directo pues pudiera sospechar que te conoce y entraría en un shock nervioso. ¡Tienes que apurarte! Esta noche, cerca de su casa en Parral, Chihuahua, por la calle Matamoros, la podrás ver cuando salga de la panadería. Espérate afuera y la verás unos cuatro años antes de que te pariera.

Así lo hice y sólo esperé un poco de tiempo.

¡Ahí estaba ella! Caminaba con su vestido humilde pero bien planchado, sus zapatos eran viejos pero lustrados. Iba comiendo una pieza de pan de las que llaman "concha", aunque en Parral también les dicen "guayabas" y en Ciudad Juárez "esponjas".

Al verme, como que me quiso reconocer. Tuve que mirar hacia una pared y cubrirme con un pañuelo rojo para ocultar mis lágrimas, pues la impresión no era para menos.

El Creador me dio la vida y la sanación, y a la mañana siguiente ya estaba fuera de peligro, aunque sin piernas de la rodilla para abajo. Con el tiempo me fue posible caminar con piernas prostéticas de titanio. Me hice instructor de tiro con el ejército y daba clases a los nuevos reclutas en instalaciones militares como Fort Bliss, en el Paso, Texas, o en Fort Lewis, en el estado de Washington.

En mi vida tuve muchas aventuras y amoríos, pero el recuerdo de haber visto a mi madre joven de quince años perdura en mi alma para siempre.

El juego de ajedrez

EN UN LUGAR ETÉREO, lejos de nuestras dimensiones, dos genios se disputaban la soberanía en un juego. ¿Quién sería el más *machín?* El escritor Jorge Luis Borges contra el creador de la teoría de la relatividad, Albert Einstein. Un inglés–argentino contra un judío-alemán en un juego de ajedrez de ciento ochenta y seis casillas. Los dos con un coeficiente intelectual de más de ciento sesenta (IQ).

Einstein decía que había devorado a Isaac Newton con todas sus teorías y su ciencia. Borges argüía, aparte de haber leído más de diez mil libros, haber leído a los sumerios, a los cartagineses y el Talmud, así como estudiado los secretos del mar Muerto, además de que poseía respuestas para los problemas matemáticos del célebre Srinivasa Ramanujan, el notable matemático y científico hindú.

Por todas partes del universo se propagó *la noticia*. El juego, casi imposible de jugar en casillero de ciento ochenta y seis cuadrados, se inició. Einstein, aparentemente descuidado y desordenado, empezó a tratar de matar alfiles, sus caballos poniendo carnada en sus movimientos. Todo era aparentemente confusión, pero en realidad, todo —para una mente esplendorosa— era una estrategia que sólo los grandes generales del pasado entenderían (lectura de libros antiguos chinos, técnicas de guerra, etcétera).

Borges veía sólo con un ojo, o al menos eso aparentaba. Empezó a recular su artillería en el centro y a los lados y, como los cuernos de un toro de lidia, concentró su ataque. Sus movimientos eran fríamente calculados; pensaba hasta treinta y dos movimientos posibles antes de tomar una decisión. Y, como decía mi abuela, "En el pecado está la penitencia" o "el venado muere por porfiado". En el movimiento ochenta y siete, y sin escapatoria para Einstein, Borges aniquiló la reina del judío-alemán, que había dejado al descubierto en el centro, junto a un alfil.

Dicen que Einstein perdió por confiado, pero el genio argentino, con mucha humildad suramericana, dijo: "No fui yo, fueron mis matemáticas, la cábala, mis laberintos, mis espejos y las miles de veces que he jugado al ajedrez en la Biblioteca de Babel". (Sólo un sueño).

Machín: en la jerga mexicana, palabra que hace referencia a la fuerza u hombría. Deriva de la palabra macho, no en el diminutivo de la palabra, sino el intensivo. El autor la emplea aquí en el sentido de más destacado o competente.

El barco fantasma

EN VERACRUZ, MÉXICO, el más famoso carnaval empieza a últimos de junio y termina la primera semana de julio. Todo el mundo se disfraza de lo que más le guste. Dicen los psicólogos que allí se conoce la verdadera personalidad y los deseos más insanos del alma.

Llegó al puerto un galeón negro de mucha autenticidad. Era tripulado por más de noventa filibusteros armados hasta los dientes, con espadas y mosquetes. La mayoría hablaba español, unos cuantos portugués y dos o tres ruso.

Se separaron en dos grupos a divertirse en las tabernas. Como veinte se dedicaron a buscar licor y carne salada para sus travesías. Un pirata llamado Barba Negra, con veinte o treinta barbudos, buscaba una taberna donde pasar unos días de asueto.

Les gustó *El Pirata Tuerto* por el nombre y ahí se resguardaron. El cantinero les advirtió que el antro se cerraba a las dos. Barba Negra anunció que iba a cerrar el establecimiento en ese momento y que mandaran traer vino, jamón serrano, *wenchas,* * música y que no se olvidaran de unas cortesanas. Se cerró el local. Ahí llegaron nueve damas mayores, pintarrajeadas. Dijo el cantinero: —Se juntó Panchito con Panchita.

Y ahí bailaron, cantaron y se divirtieron por siete días. Los rusos con sus bailes de cosacos: —¡Kazachok!, ¡Jai, jai, jai!. Nomás se escuchaban los sables en el piso y los instrumentos de cuerdas. Los piratas barbados traían talegas llenas de monedas de oro, entre ellas doblones de puro oro macizo, producto de sus travesías por el Caribe. Sus trajes parecían de carnaval, pero eran auténticos, así como los sables, mosquetes y una especie de macanas. Cantaron a pulmón con guitarra y *a cappella El portugués manco, La dama aragonesa, Sevilla la bella y La burra bizca,* entre otras.

Con la cantina cerrada nadie entraba ni salía. También cantaron canciones de la tristeza en el mar, que para ellos era como si fuera su íntima compañera. El domingo todos hicieron reverencia al Altísimo, se pusieron de pie, se quitaron sus gorras triangulares y con unos minutos de silencio se prepararon para la salida y partieron de esa barra, dejando monedas apiladas y hasta una o dos talegas llenas de monedas. Las damiselas, con ojos desvelados pero presumiendo con estas monedas de oro, decían: —Gano lo que gano en dos meses sudando el lomo.

Se fueron muy temprano con rumbo al muelle, pero alguien los estaba esperando; serían como siete pelafustanes. Sin saber de la peligrosidad de los bucaneros, intentaron asaltarlos, pero en un santiamén, seis de ellos sintieron el filo de sus espadas y puñales: —A ti te dejamos vivo para que le cuentes a tus compinches que con Barba Negra no se juega, ¡no trates de asaltar a un asaltante!

Esbozando un colmillo de oro, todos se montaron a su nave y en los vestigios del amanecer se desapareció el galeón negro misterioso, en una nube con viento semi gris, y los demás detalles para otra ocasión. ¡Ja, ja, ja!

Wench: palabra inglesa: mujer de la vida galante.

La felicidad

LA FELICIDAD YA HABÍA LLEGADO para Pedro, un hombre de cincuenta años. Al fin había conocido el amor de su vida: Dalila Micaela Oropeza. Una adorable joven de veinte años, y como ella decía: "Entre el amor y la edad no hay problema o diferencia". Mi padre recalcaba: "Entre el *verdadero* amor".

Pedro era supervisor de la compañía donde hacían comida para perros. Ahí laboraban mi tío Poncho y mi padre, Rudy Cazuri—así le llamaba *la plebe*.

Después de un año de hablar con tinterillos y licenciados le consiguió la *"tarjeta verde"* a Dalila Micaela. Aunque se veían poco, organizaron un viaje a Las Vegas para el amarre sentimental. Llegaron a la Ciudad del Pecado («Lo que sucede en Las Vegas se queda en Las Vegas»). Pedro compró un anillo módico para el enlace. A la mañana siguiente iban a ir a una capilla de un doble del famoso cantante estadounidense Elvis Presley. Los iba a unir en un sencillo matrimonio. Llegaron con ropa casual y al momento de entrar, Dalila Micaela fingió un malestar que no se fue por horas. Tuvieron que regresar a Los Ángeles.

Después de una noche larga, negra, fatídica, Pedro se dio cuenta que su enamorada no estaba por ningún lugar del apartamento. Sólo encontró en la mesa de la cocina una carta diciéndole adiós: "Gracias por todo Pedro, regreso a la frontera con mi tarjeta de residencia. No hubiéramos tenido futuro, regreso a los antros donde me encontró la magia de la maldad".

Mi tío Poncho, mi hermano Xavier y yo lo encontramos con los ojos hinchados de llorar. Se acompañaba con una guitarra y cantaba con toda el alma, mientras derramaba lágrimas del corazón: *«Tengo dinero en el mundo, dinero maldito que nada vale… Yo lo que quiero es que vuelva, que vuelva conmigo la que se fue».*

Mi tío Poncho le hacía segunda y le decía: *«Esas lágrimas ella no las merece. Tráguese ese sentimiento y esas lágrimas. Para que el corazón no se achicopale después de esta tequila que vengan las otras, al cabo, vida, ahí te quedas».*

Xavier y yo nomás veíamos a Pedro con el alma desgarrada, y a mi tío Poncho haciéndole segunda.

Tarjeta verde: Nombre informal para la tarjeta de identificación emitida por Servicios de Inmigración y Ciudadanía de EE. UU. a residentes permanentes a quienes legalmente se les permite vivir y trabajar en Estados Unidos. Las tarjetas verdes fueron llamadas así porque fueron de color verde desde 1950 hasta 1964.

Mi alma

UN DÍA MI ALMA SE IRÁ DE MI CUERPO** y ya no quedará ni rastro de mí, seré como el espectro de una flor. En la iglesia habrá un aroma de incienso, mucha gente fingirá llorar y yo estaré agazapado en algún rincón del templo observando a los dolientes. A todos sólo les preocupan los gastos funerarios, del cura y la misa, la carroza y la fosa. Sólo mis hijos derramarán lágrimas de verdad, principalmente mi hija. Mis familiares finados estarán cerca de mí mientras mi alma se ubica y se balancea en su nuevo entorno.

Cumplí todas mis metas terrenales, ¡menos ganarle la carrera a la muerte! Ella siempre gana, sólo espera, sin alocarse, deja que tú des "el viejazo" para ella dar el zarpazo; siempre es así.

Un día me haré viento, ilusión, sueño, y no regresaré, sólo viviré en el recuerdo de mis familiares. Es el momento cuando la ilusión se muere, ya no hay ganas de vivir, ya todo es despojo y ya no hay avaricia. La realidad es… *real,* y cuando quieren aflorar los verdaderos valores.

Ese es el final de la esperanza, cuando mi ser será como una semilla que no germina, que es estéril. Así se irá mi alma, volando con la negrura de la noche en el mar del destino.

El Golondrino

YA EN SUS SETENTA AÑOS, Raúl Rodríguez, *el Golondrino*, había vivido con alegrías, buenos recuerdos y vivencias, pero tenía su lado oscuro. Por su edad iba con el siglo. A los dieciocho años se había enlistado en el ejército mexicano que combatía a los indios del norte de México, sur de Texas.

Con su regimiento llegó a un campamento de los nativos Chiricahua. Para su mala suerte no estaban los guerreros. Tiempo después nos contaba a los que escuchábamos.

Tenía sueños recurrentes que estaba en una torre y él se apostaba con cuatro rifles de alto poder. Se dedicaba a disparar a todo lo que se moviera, haciendo más de cien bajas antes de ser abatido. Cada noche lo mismo, siempre después de andar buscando la famosa mina que en mi pueblo todo gambusino buscaba.

"Hay que encontrar la veta, con eso nos hacemos ricos, como el que encontró *la Prieta* en Parral, Chihuahua".

Ya cansado se iba a con don Pancho, el que con cada compra daba pilón a tomarse, los famosos *Topitos* de a peso. Eran de la forma de un dedal pero con espesor de puro alcohol. Con dos o tres te ponían, si no alegre, mareado; más de tres te embriagaban hasta la inconsciencia.

A Raúl le gustaba cantar, *Se llevaron el cañón para Bachimba* o *Los colorados.* Después se iba a *la papa* a su casa. Él mismo decía: "Voy a ver si ya puso la marrana, ja, ja, ja".

Un día todos quedaron con estupor cuando perdió a su esposa Mariana. Fue a refugiarse al tendejón de don Pancho. Se le pasaron las copas y relató lo que realmente había pasado en aquel campamento indio. Al no haber guerreros, masacraron no sólo a los viejos, sino también a los niños. Lloraba, se destornillaba, lamentándose: "Jesús, ¿por qué no me detuviste las manos? A mí me tocó acabar con esas criaturas. Conciencia infame que dormida estabas, porque nadie me detuvo las manos. Me manché con la sangre de unos inocentes. ¡Perdón, Padre Redentor!". Esa noche cayó de rodillas llorando: "¡Yo maté a esos angelitos de tres años y nadie me detuvo! Nos premiaron con medallas por Gran Mérito. Yo tiré la mía al río Conchos". Como pudo, llegó a su casa.

Al verse solo, con el tiempo empezó a recibir niños de la calle, o sea, huérfanos. Así inició la Casa Hogar de esa región.

María Rosa
(Un sueño navideño)

NEVABA EN CASAS GRANDES, ese pueblo norteño de México. Cantos navideños a granel, piñatas, nuevos romances y todo lo demás. Todo era alegría, excepto una mansión lujosa cubierta de tristeza. En una recámara fría, estilo victoriano, la mamá de María Rosa estaba en agonía; hablaba sus últimas palabras a su hijita de cinco años.

—Mi Rosita, hijita, no estoy triste de irme, sino de dejarte tan chiquita.

—Mami, ¿me prometes que vas a regresar?

—No, mi amor, mi partida es para siempre. Bésame mi amor y cuida mucho a tu papá. Me duele en el alma dejarlos tan solos, pero les prometo mandarles un ángel para que cuide a los dos —decía la moribunda al abrazar a sus dos tesoros: su adorado esposo y su hijita, *Ricitos de oro*, como ella le llamaba.

Sus manos fueron cayendo al vacío en su último suspiro. Cuando el Creador te llama a su presencia, no hay alma que te detenga en la tierra.

La madre falleció. Todo era tristeza en aquella casa. Sólo María Rosa y su perrita Betina platicaban para disipar las penas.

—No te preocupes, Betina, mi mamá nos mandará un ángel para que nos cuide a todos.

Al año, su papá se casaba con la secretaria de su empresa, una mujer ya entrada en años, de nombre Martha Alicia. Él quería que alguien cuidara a su hijita durante sus largos viajes de negocios.

La mujer había sido solterona toda la vida y estaba llena de complejos y fanatismo religioso. Al no poder concebir un hijo —después de un sinnúmero de viajes al doctor en los que le advirtieron que a los cincuenta años es muy difícil, casi imposible que la cigüeña llegue a casa—, Martha Alicia empezó a abusar de la pequeña. La golpeaba por cualquier cosa, la encerraba en el ropero y, para lastimarla emocionalmente, le decía que su mamá había sido una mala mujer. Incluso, un día quemó todas las fotografías de la difunta.

El padre, cada vez que regresaba de sus largos viajes, veía muy desmejorada a Rosita. Le preguntaba si se sentía bien. Ella no podía decir nada por el temor que le tenía a la arpía.

Un día que el papá se ausentó por un mes, a la madrastra no le bastaron las golpizas, sino que, para castigarla más, regaló a Betina, la perrita de Rosita. La niña cayó en una tristeza y empezó a escribir cartitas a su mamá. En una decía:

«Mamá, sufro mucho, mi nueva mamá me golpea, me encierra en el ropero por las noches, dice que mató y enterró a Betina. Por favor mándame un ángel para que me proteja. Te quiero y extraño mucho, mamá».

Rosita cada noche amarraba su cartita a un globo y la enviaba al cielo.

«Mamá, si se te olvidó la dirección te la voy a escribir, estoy muy débil y no tengo fuerzas para jugar con mi amiguita Marisol ni en el recreo, ella es la única que sabe mi secreto y me trae manzanas para comer».

Todas las noches la criatura enviaba sus globos al cielo con sus cartitas.

«Mami, mi nueva mamá me cortó mis ricitos de oro y me golpeó, y se río de mí. Otra vez me envió al ropero sin merendar. Mami, yo te quiero mucho y te extraño. Mándame un ángel para que me lleve contigo. Te quiere, Rosita».

Cuando la mala mujer golpeaba a Rosita, la niña, en su imaginación, se subía a una gran escalera dorada para que no la alcanzara.

Todas las cartas llegaban al cielo y los ángeles y los arcángeles nada podían hacer por esa criatura del Señor, por no tener el poder de trascender esa dimensión celestial. Ellos sabían del dolor de aquel angelito.

Uno de los globos —de color azul como la ilusión— se fue viajando hasta el Polo Norte, guiado por los vientos benévolos. No llegó muy lejos, pero antes de llegar a la nieve se detuvo en una región donde un hombre grande, robusto, con una gran barba blanca, que acababa de llegar de cacería, vio cómo un globo, sin mucha fuerza, iba descendiendo en su gélido jardín. Tomó y abrió una cartita atada con un listón verde. Noel —que así se llamaba el buen hombre— la leyó rápido:

«Mami, mi nueva mamá me volvió a golpear y me encerró en el ropero, ya quiero irme contigo, pues no te tengo ni a ti ni a Betina. Me quiero ir contigo… Rosita».

Noel le había pedido a Dios que le enviara una señal, una razón de existir, y esta había llegado. Tuvo que viajar una enorme distancia hasta llegar al país correcto y a la dirección exacta. "Ojalá que llegue a tiempo para salvar a mi nieta de los brazos de la maldad".

A los dos días Papá Noel estaba enfrente de la casa. Tocó varias veces hasta que una mujer de mal aspecto abrió la puerta.

—¿No es aquí donde vive Rosita?

—No, aquí no vive esa tal Rosita. No, aquí no vive y no puede pasar. Si insiste, llamo a los gendarmes.

—Llámelos señora, porque tengo que revisar esta casa.

El hombre benévolo hizo a un lado a la mujer, y como si hubiese estado en esa casa por mucho tiempo, fue al cuarto de Rosita. Tumbó la puerta que estaba con candado y en un ropero de doble cerradura, del que tuvo que quebrar una puerta para abrirlo, ahí encontró a Rosita, grave y en completo estado de deshidratación. La llevó corriendo al hospital, donde los doctores no daban muchas esperanzas.

El padre de Rosita se enteró de lo que había pasado. La mala mujer cayó en un shock nervioso por haber sido descubierta y quedó paralizada de todo el cuerpo. Aunque escuchaba y entendía todo, no podía moverse.

Rosita recuperó la salud, y Betina, que había sido regalada a unos vecinos, fue devuelta a la niña. Papá Noel vino a ser parte de la familia y todos vivieron felices.

—Betina, no te dije que mi mamá nos iba a mandar un ángel y llegó. ¿Verdad, papá, que abuelito Noel se va a quedar a vivir entre nosotros?

—Sí, Rosita. Y ahora ya no me voy a ausentar de ustedes nunca.

Esa Navidad todos celebraron contentos la llegada de la felicidad a su hogar.

Carmelita

"**YA NO VOY A VER A MI CARMELITA** cuando sea grande…", dijo el viejo moribundo a una chiquilla de siete años.

Por la tarde ya todo había concluido. La niña se fue a la parte trasera de la casa a llorar: "¡Papá, papá! Ya no vamos a cultivar la tierra, ni a comer entre las brasas cacahuates con dulce de piloncillo".

Llorando su desventura hablaba con Marina, su amiguita de la infancia: "Va a llegar una carroza grande, con mucha gente para llevar a papá al panteón".

Por la noche salió al patio a llorar. Sintió un animal del mal merodeando, y se metió a la pieza para estar junto al cuerpo de su papá, que yacía dentro de aquella caja oscura, aunque con miedo, pues su mamá era indiferente a la realidad.

Por la mañana, ni una carroza ni mucha gente; sólo dos caballos arrastrando una carreta vieja. Carmelita, su mamá y un labriego —su único amigo—, lo condujeron a la última morada, y vieron el ataúd descender a la Madre Tierra.

La niña se quedó más sola que nunca en su triste vida. Sin un padre cuando más lo necesitaba a esa edad de *parvulita* de siete años. Su madre trabajaba de lavandera en el Hotel Burciaga, y así transcurrió la vida de Carmelita, con aquella madre rigurosa.

Los niños del tercer mundo van por la vida sufriendo, *a brincos y sombrerazos* sobreviven. Los que alcanzan una vida normal saben de humillaciones y vicisitudes.

Parvulita: niña que está en la primera etapa de la enseñanza escolar.

Brincos y sombrerazos: expresión idiomática que se usa metafóricamente para describir una situación caótica o de desorden.

MEMORIAS

Niñez

DECÍAN EN MI PUEBLO QUE CUANDO EL RÍO LLEVA AGUA, ¡agua lleva! Vengo de un pueblo del norte, con un río frondoso lleno de agua turbia cuando es turbia y transparente cuando no.

Pasé mi niñez entre juegos y risas. De noche, cuando mi madre hablaba para cenar, no había quién se detuviera en todo México, país mágico, lleno de risas y colores.

De niño, por la calle de Las Iglesias, con mi tropa: el Caliche, Pata, Javi y otros, jugábamos a *el Lobo Feroz*, a *las Estatuas de Marfil* y a tantos otros juegos infantiles. Íbamos al río recién llovido a pescar *pichicuates*, embriones de rana. Corriendo entre los charcos a veces nos daba un resfrío y después no podíamos salir a la cuadra. Oíamos desde adentro a los niños correteando, buscando arañas en los hoyos de las banquetas. Así, mi niñez fue mágica, imborrable; nunca se repetirá.

Ha pasado el tiempo y ahora vivo en tierras lejanas. Un día regresé con mis hijos de dos años de edad, pensando en tiempos pasados, suponiendo que no iban a ser reemplazados. Pero vi a unos chiquillos ¡haciendo lo que yo hacía con mi *camada!;* me reí, ¡me reemplazaron!, y juegan los mismos juegos y cantan casi las mismas rondas: «Qué sí, qué no, Mariquita se sabe la "O". Qué sí, qué no, el hijo del chocolatero». Inevitablemente pasa el tiempo, no somos únicos, sólo somos por un momento: *Everything finds perfection, but only for a little moment* (Todo encuentra la perfección, pero sólo por un pequeño momento).

Camada: según el DRAE, grupo de personas, generalmente de edad similar, que en un período dado participan de experiencias comunes.

¿Dónde está Parral?

ENTRE SANTA BÁRBARA Y SAN FRANCISCO del Oro, de allá soy yo. Pueblo tradicional y bello.

Frente al mercado se ve gente alta, descendientes de vascos. La mayoría fueron chiveros y buscadores de minas. Ahí se asentaron por ser una región parecida a su tierra. Es tierra norteña de desiertos altos, árida y de clima extremo.

Viví en las calles Alfareña, Iglesias, Estaño. Esta era muy particular. Para llegar a casa había que subir una ladera y descender la Gran Caída. En medio, la Iglesia de Fátima, construida a la usanza antigua, de pura roca.

En la bajada, a mano derecha, vivía una familia de chiquillos pelirrojos. Eran siete, entre quince y siete años de edad y, lo chistoso del caso, es que hasta el perro era de pelo rojo.

Todos vendían manzanas *enmieladas*. Sólo los dos más chicos iban a la escuela. Tenían un cazo de cobre y todos dormían alrededor mientras hervía. Habían perdido a sus padres, y todos en el barrio sentían lástima por su situación.

Cinco trabajaban para traer el pan a casa. Un año después, ya tenían su tienda y con eso sobrevivían.

En los noventa, cuando regresé al pueblo, me di cuenta que dos eran contadores y los mayores eran la fuerza laboral.

También recuerdo a los actores callejeros, *Chicharrín* y *Chilacayota*. El segundo se acostaba en un costal lleno de vidrios. Al levantarse, con una o dos cortadas, el público le regalaba unas monedas; todos aplaudían.

Así viví parte de mi infancia, en pueblo chico.

Parral: llamada Hidalgo del Parral, es una ciudad en el estado mexicano de Chihuahua. Según datos del 2015, su población ascendía a 109,510 habitantes.

El bautizo

A MEDIADOS DE LOS SESENTA, por la calle Estaño, cerca de la Colonia Americana, en Parral, al sur del estado que colinda con Durango, un grupo de chiquillos querían bautizar a la muñeca de Pilar, que estaba con sus amigas de siete años, Águeda y María.

Se pusieron sus vestidos domingueros y como a las doce estaban a un lado de la iglesia bautizando a la muñeca: «Te llamarás Margarita».

Corriendo con algarabía, un montón de chiquillos se arrimaron de cuatro en cuatro. Junto con otros tres niños comí unos pastelillos chiquitos y nos sirvieron una taza de chocolate del tamaño de un dedal; nomás servía para abrir el apetito. Estaba muy feliz.

Pasaron unos gitanos que llevaban un oso que bailaba al ritmo de un tamborcito. El oso, entrenado y con bozal, bailaba y daba vueltas para regocijo de los chavalos. Los gitanos vestían ropa de colores fuertes, rojo muy rojo, verde muy verde, con sendas pañoletas en las cabezas. Él hombre era prieto con hombros enjutos, medio chaparro. La mujer, con pandereta en mano, giraba alrededor y bailaba, al tiempo que una chiquilla recogía monedas que les aventaba la concurrencia. El animal giraba mientras mostraba sus colmillos tras el bozal. Era como de un metro, negro y del norte de México (ya extinto).

Empezó a atardecer. Tras los gritos que daban las mamás, las calles se fueron quedando solas. Llegué a casa cuando mi padre daba las gracias, antes de comer.

Fue una tarde diferente y muy recordada, pues cuando estaba tomando mi dedal de chocolate, una de las chiquillas, hermanita de María, me sonrió. Me fui a dormir con esa sonrisa, mi primera ilusión de chiquillo.

Mi tío Pepe

COMO DE UNOS CUATRO AÑOS, fui el paje en la boda de mi tía Alicia y mi tío Pepe, un ingeniero automotriz. Recuerdo el salón, la orquesta, las copas de cristal y después cuando me fui quedando dormido.

Cuando desperté todo fue alegría. Los días de campo, la música, risas y risas, Navidades difíciles de olvidar. Recuerdo a mi tío los fines de semana después del desayuno entonándose con unas cervezas (*Carta Blanca*), su voz medio amargosa, sonriente, cantando baladas de la época: *Tres consejos, Cien años*, y otras. Salía afuera de la casa a esperar a los mariachis para cantar con toda el alma.

Mi tío vivía una vida ordenada. Era egresado de Tepehuanes, Durango, tierra árida y de gente muy formal. En su niñez había estado en California y en Ciudad Juárez. De joven adulto conoció a mi tía Alicia en la línea de camiones en donde era mecánico y el empleado mejor pagado.

Para mí, que era un chamaco, él era todo para mí. Un día, en el Mercado Hidalgo, mi tía Alicia y mi tío Pepe hablaron de hacer un juramento.

—Júrame que siempre me querrás —dijo él— y el primero que muera va a regresar por el otro, ¡júramelo!

Mi tía lo pensó dos veces y no quiso jurar.

—Pepe, estás tomado, dejémoslo para otro día —le contestó, sin saber que la semana siguiente mi tío tendría un accidente que le costó la vida. Fue más o menos a finales de 1963.

Perdí para siempre a ese tío querido. Quedó con vida una semana, para sucumbir un sábado negro, trágico. Me acuerdo de los cirios, el incienso, las mujeres rezando el Rosario, el viaje al panteón y el entierro. La tristeza me embargó por semanas, algo que se queda en la mente de un chavalo para siempre. Q.E.P.D.

Doroteo

EN LOS AÑOS SESENTA me crie en la calle Juárez de Parral, Chihuahua, México, a dos cuadras de donde fue inmolado el Centauro del Norte, Pancho Villa (Doroteo Arango Arámbula, su nombre verdadero). Hacía cuarenta años del asesinato de aquel famoso general revolucionario.

De niño mi abuela paterna nos mostró la tumba del guerrillero.

De adolescente, en la capital del estado, conocí a su última esposa, señora de bonitas facciones aún a los sesenta. Imagino que de joven fue una bella muchacha.

Lo que me impresionó fue ver el carro del Centauro, un Dodge 1915, que estaba en una especie de cristalera con sendos agujeros de balas de alto calibre. Me dijo mi abuelo que en Parral, en la Villa de Grado (ahora los Medina, grandes comerciantes, son los dueños), lo tuvieron en el velorio y le tomaron fotografías que se vendían a los turistas. Sin camisa, mostrando las heridas (¡qué ignorancia!).

Las canciones de los músicos regionales dicen: «*Cuántos jilgueros y cenzontles veo pasar, pero qué triste cantan esas avecillas, van a Chihuahua a llorar sobre el Parral, donde descansa el General Francisco Villa*».

Contaba la abuela paterna, Manuela Rodríguez —*Ala*, de cariño—, que cerca de Canutillo, Durango, donde estaba mi bisabuelo Francisco, un día que llegaron los Dorados de Villa y pidieron si alguien quería incorporarse a *la Bola*, estaba bienvenido. Martín, un primo de Ala dijo: —Yo señor.

—Denle un caballo y un rifle 30-30.

—No es necesario, yo tengo mi caballo y mi rifle —les respondió.

De él ya nunca se supo nada.

Yo era un niño cuando mi abuela miraba a los montes azules y decía: —Allí tuvieron al General cuando lo hirieron en una pierna, en una sección de cuevas en las faldas de aquellos cerros.

Leyendas de él sobran. En mi pueblo le decían *el Robin Hood de los Pobres*. En la capital del estado, en un duelo, mató a su compadre por haberse pasado al lado opuesto de la causa. Con un certero tiro en la frente, "Por traidor y cobarde, esto es lo que merecía compadre".

Un tío de mi papá, en el cuarenta aniversario de la muerte de Villa, se quedó dormido dentro del panteón municipal. Como a las tres de la madrugada, frente a la tumba de Villa, al punto ahogado de borracho, trató de brincar la barda. Decía que vio al Centauro ¡sin cabeza! y por más que trataba no podía saltar la barda. Para algo sirvió el susto; ahí fue que dejó de beber. Todos reían cuando contaba esa historia.

La Bola: según el DRAE, riña, tumulto, revolución; reunión bulliciosa de gente en desorden. En los años de la Revolución mexicana se refería al montón o "bola" de gente –hombres y mujeres– que se unían a los levantamientos armados.

N del E: el 20 de julio de 2023 se conmemoró el centenario del magnicidio de Pancho Villa.

Sobre el autor

JORGE A. ONTIVEROS nació en Parral, Chihuahua, México, y emigró en su adolescencia a California, Estados Unidos. Es Licenciado en Letras Hispanas por la Universidad Estatal de California-Northridge. Su pasión por la cultura lo ha llevado a incursionar en el teatro, la declamación, el tango y la literatura. Además del presente volumen de *La insepulta, cuentos de misterio en lugares imaginarios*, es autor de *El atolladero, cuentos de misterio en lugares inesperados* y *Alborada*. Su tercer libro de cuentos cortos se publicará en 2024. Sus cuentos emplean una prosa fluida y natural. Sus personajes representan seres comunes y corrientes que enfrentan situaciones extraordinarias que recuerdan al lector enigmas de la vida diaria, y algunos evocan sentimientos de quedarse atorado en un lugar, una condición o un problema. Otros personajes adentran al lector a los misterios de la mente, donde la línea entre lo imaginario y lo real se borra. También escribe poesía ambiental inspirada por los paisajes naturales que le rodean y su proximidad al mar, así como poemas que expresan emociones, deseos y sueños. Reside en Oxnard, California, una ciudad costera al oeste de Los Ángeles, sitio de una renombrada fértil llanura que produce ricos campos agrícolas en los que destaca el cultivo de la fresa.